W0378095

Christoph Stenzel

L*E*SER STRAHLEN

Gedichte

für Kerstin

EDITION GL, Neuss

1. Auflage 2006

EDITIO**N GL**, Neuss

Kontakt: ch_stenzel@yahoo.com

Alle Rechte vorbehalten. Die Vervielfältigung oder Übertragung auch einzelner Teile, ist nach dem geltenden Urheberrecht nicht gestattet. Die Copyrights liegen beim Autor.

Druck: Remeli, Leichlingen

Printed in Germany 2006

ISBN 3-932394-99-2

Mein Ich ist D-ich-tung
Akrostichon

Chiffre, Morphe, Zauberzeichen,
Heute ratlos, morgen schlau,
Reime reden ohne gleichen,
Im Verdichten ganz genau.

Sinn entsteht und Sinne schweifen,
Tod vergeht aus Worteinfalt
Offenbart sich Sinnbegreifen
Phänomenologisch halt.

Hirn strömt aus ins Transzendieren,
Seelen brauchen diesen Rausch,
Tauschen bloßes Vegetieren
Ein für einen Wahnsinnsplausch.

Nicht Agape nur alleine,
Zweck nicht nur Philosophie,
Eros ist nicht, was ich meine,
Leben braucht die Poesie.

Zauber der Liebe

Ich bin die Laute, du die Saiten,
das Glück hat uns gestimmt,
und über die gestimmten Saiten
läßt Amor seine Finger gleiten,
daß es uns den Atem nimmt.

Du bist die Laute, ich die Saiten,
dein Körper ist mein Klang,
und über deines Körpers Seiten
ließ ich so meine Finger gleiten,
daß mein Herz in Stücke sprang.

Albinoni, Adagio g - moll

Du liebtest mich so lichterloh,
Wir bebten sanft bei jedem Flirt,
Wir schwebten trunken, rauschbetört,
Ich liebte, ich, der Dichter, froh.

Ich liebe dich adagio,
Wir wissen, was den anderen stört,
Wir wissen, was wer gerne hört,
Du liebst, ich weiß, continuo.

Guter Wein muß lange reifen,
Liebe soll uns ganz umgeben,
Unsichtbare Spinnenweben

Unser ganzes Sein umgreifen,
Bis die Herzen von der Erden
Ganz zu Gott gezogen werden.

die Kunst der Liebe
- ein Glück feiert Geburtstag -
(das wohltemperierte Gedicht)

seit du zu mir, seit ich zu dir,
seit unsre jungen Herzen Fugen schlagen,
seit Amors Hände über Tasten jagen,
seit du die Noten, ich Klavier,
bist du bei mir, bin ich bei dir

seit ich mit dir, seit du mit mir,
seit Seelen, Körper sanft zu lieben wagen,
seit unsre Hände tausend Lasten tragen,
seit ich die Zeichen, du Papier
lieb ich dich heut, und du mich hier

Ich liege träumend im verdorrten Gras

Ein Haus voller Bilder,
der Garten mit alten Bäumen,
das Mädchen lächelt mich so liebevoll an,
halbrechts liegt San Marco
und links die Brücke über den Kanal.

Der Atem der Schönheit
haucht ihre Aura in mein Herz,
die Stille, die Sanftheit,
sie bleiben, ich gehe im Schmerz.

Nichts kann ich mitnehmen
und doch, ich habe alles dabei.

Der Zauber der Sekunde

Ach, ich bin so herrlich süchtig,
Meine Augen blicken immer,
Nach dem Augenblick, so flüchtig,
Nach der Schönheit sanfter Schimmer.

Diese Schönheit überwältigt,
Laß dich fangen, laß dich fassen,
Ach, was bin ich doch einfältig,
Schönheit, du, ich muß dich lassen.

Läßt mich zitternd stille stehen,
Eilst auf Zauberschwingen weiter,
Seh noch deine Schimmer wehen,
Ach, wie ist die Welt so heiter.

Wenn ihr wüßtet, wie man liebt

All die schlauen Leute sagen:
"Warte nur, das gibt sich bald,
Feuer in den ersten Tagen,
Wochen später wird's dann kalt.

Auch die Liebe wird mal lauer,
wenn man erst zusammen ist,
denn der Alltag kommt auf Dauer
und mit ihm so mancher Mist."

Oh, ihr armen, armen Toren,
wenn ihr wüßtet, wie man liebt.
Habt das Herz wohl nie verloren
an den, dem man alles gibt.

Gestern glaubt ich, ich verbrenne,
welch ein wahnsinn's Glücksgefühl,
heute weiß ich, ich bekenne:
Mensch, was war ich gestern kühl.

Unser drittes Kind

Alte Liebe, neues Leben,
plötzlich bist du einfach da,
Winzling, du bringst uns zum Beben,
bringst uns neue Liebe nah.

Menschlein, du kannst es nur ahnen,
welche Macht du jetzt schon hast,
wirfst uns aus den alten Bahnen,
kurze Ruh vor neuer Hast.

Wenn ich still werd`, wenn ich denke,
was mir wirklich wichtig ist,
weiß ich, Glück, das sind Geschenke,
dich zu lieben, wie du bist.

der erste Schultag
3. August 1999

Nein, es war nicht viel und doch gewaltig,
ein Sommertag, so schön wie heiß,
kein Ende mag so anfangshaltig
sein, Zwang zur Freiheit, ja ich weiß,

dein Lachen, dein Stolz und eine Träne,
mein Gott, was warst du wieder nah,
reingeritzt ins Herz, Seelenspäne,
eingeschnitzt, mein Kind – ich bin da.

Klavierspiel

Vorne steigen Nebelschwaden
aus des Flusses Feuchte auf.
Kohlenfrachter schwer beladen
schieben stampfend sich stromauf.

Dieselmotor heißt der Rhythmus,
Langsamkeit ist ihr Elan,
jedes Vorwärts ist schon Rückfluß,
niemals mainstream auf der Bahn.

Eine Hymne an die Freude,
sanft entsteigt die Melodie
dem Klavier und ich vergeude
mich ganz dieser Harmonie.

Diese kleinen Kinderhände
zaubern mir die Muße ein,
welche Güte, welche Spende,
glücklich Vater dir zu sein.

zur Geburt von Elias Immanuel

Tiefe Freude hat mich verzaubert,
welche Gnade, daß es dich nun gibt.

Du hast mit deinem Charme
aus winzig klein und warm,
dem Ich aus groß und schlau,
aus Wissen ganz genau
die Fragen neu gestellt,
was wirklich wichtig sei,
wo Sein, wo Sinn dabei
und erschütterst meine Welt.

Welch wundersame Macht
hat mich so still gemacht,
gebracht um Kraft, Verstand,
was gestern galt, verschwand.
Du gibst die Zauberzeit,
entrückt vom Jetzt und Hier,
dein Du, mein Ich, ein Wir,
ein Hauch von Ewigkeit.

Und neues Sehen, neues Licht
aus Seelenwehen bricht
ein Ahnen, was wir sind,
gezeigt von einem Kind,
aus Alltagsmüh und Trott,
aus Schmerz und Schnitt und Stich
und plötzlich hast du dich
geoffenbart, mein Gott.

Vater und Tochter

gewünscht, gewollt, geliebt,
von Anfang an und Tag für Tag,
wie schön, daß es dich gibt,
daß du mich magst, wie ich dich mag,

heute, morgen, ewig,
bis zum Ende, weiter noch,
unzertrennlich, einig,
aber selbst und einzig doch,

glaube, gehe glücklich
in dein Leben, liebe, lache,
alles gebe ich für dich,
für die wunderbare Sache

an unsere Zwillinge

Dechiffriert aus Genen regen
Körper sich ganz wunderlich,
was hab ich gewußt dagegen,
tief ergriffen staune ich,

wie aus Zellen, Molekülen
Sein sich forsch entfaltet, formt,
Morphe, Menschen mit Gefühlen,
einzigartig, nie genormt.

Voller Freude, voller Jubel
warten, andachtsvoll und still,
wir auf euern Lebenstrubel,
euer Lachen und Gebrüll.

Egometamorphose

Es gibt
den Wein und gutes Essen,
die Freunde, die man liebt.
Kein Vergessen

der Stunden,
des Sprechens, des Greifens nach
so was wie Glück, das man dort nie gefunden,
wo zu finden diese Welt versprach.

Die Sicht
auf sich, die sich so häutet,
ein Begreifen, das aufbricht
und das mein Ich in mir umdeutet.

noch ein Liebesgedicht

Schon so viel gereimt, gerungen,
Wunderwörter zum Gedicht,
Zauberzeichen auf den Zungen,
als des Geistes Angesicht.

Immer weiter, immer wieder,
nimmer endend sage ich,
bis zum letzten Schluß der Lider,
Kerstin, du, ich liebe dich.

... in guten und in schlechten Zeiten ...

wir stehen inmitten von Dornen
Nesseln brennen rot die Haut
wir sagten uns: ich liebe dich
wir sagten uns: ich bleib bei dir
ich denk daran und sage dir:
sieh die Blumen um uns rum

zum Geburtstag

Wir, durch dick und dünn gegangen,
Blick zurück - verrückte Zeit,
hoffnungsvoll mit wenig Bangen,
sahen Liebe - sonst nicht weit.

Blick nach vorne, neue Zeiten,
um durch dick und dünn zu gehn,
Hoffnung wollen wir verbreiten,
Liebe läßt uns Weite sehn.

Hommage an Köln

Deine Straßen, deine Plätze,
deiner Häuser Angesicht
waren einmal deine Schätze,
heut besticht das alles nicht.

Welch ein Schwachsinn, Krieg zu führen,
Köln, du weinst ja heute noch,
deine Tränen sind zu spüren
hier in jedem Trümmerloch.

Doch was Nazis, Bombenschrecken,
was man dir nicht nehmen kann,
fühl ich heut noch in dir stecken,
hält mich fest mit Zauberbann.

In den Kirchen betend schweigen,
auf den Straßen Lebenslust
und den Obrigkeiten zeigen,
Freiheit schlägt in unsrer Brust.

bergab

Tempus fluxit, meine Jahre,
midlife crisis ist en vogue,
Halbzeit auf dem Weg zur Bahre,
jetzt erst weiß man, wer wann log,

massenfaches, monotones,
Menschenleben in Kopie,
Zeit des unimorphen Klonens,
Singularität ist Ironie,

keine Gnade einer Stunde,
welche nun die Welt erhellt,
meine Vita - eine Wunde,
einsam, unbekannter Held.

Am Rhein
Triptychon

färben	die Nebel den Morgen schon	schaurig
jagen	die Winde Gespenster aus	Schwaden
dringen	aus Auen aus Flüssen die	weißen
Netze	die Seelen die Herzen zu	greifen
schweifen	auch meine Gedanken in	Hetze
reißen	die Ruhe vom Herzen und	bringen
Schaden	dem Sehnen nach Sonne sie	fragen
traurig	nach Zeiten wo Leben statt	sterben

mein Grübeln zieht Kreise wie
die Strudel im kalten Rhein

Geschenke einer Nacht II

Über Nacht fiel es ganz leise,
weiß vom schwarzen Himmelszelt,
hauchte so auf Zauberweise
Stille in die Alltagswelt

und umarmte sanft das Graue
unsrer Welt voll Regsamkeit.
Seltsam, wie ich plötzlich schaue
ungeahnte Friedlichkeit.

Dezemberrosen

Nebel, eiskalte Winde,
so standest du mit Reif bezaubert,
als ich dich in die Wärme holte,
des Todes Faust hat dein Blütenkleid schon zerknittert;
welke Haut der Lebensbeständigen,
trägst du das Wunder süßer Sommertage,
zeigst du in der Welkheit Würde,
tröstest uns der Tage,
wenn es wieder wunderbar aufschießt,
mit Kraft, die Knospe,
oh, du meine Rose im Dezember,
ach, wie gleichen wir uns.

Arkadien

Hier hat der Schöpfer seinen
Steinen Schönheit eingehaucht,
taucht milder Wasserbläue
neue blaue Farben ein.
Sein Himmelsblau da hinten;
tintenblau zur Höhe stehn
zehn, zwanzig Riesenberge,
zwergegleich, so fühl ich mich,
ich atme Luft aus Eden,
jeden leisen Wellenschlag
mag ich nie mehr vergessen,
wessen Seele will nicht raus
aus ihrem Brustkorbkerker,
stärker lockt die Schönheit hier.

fin d´été

Kinder schlafen, Sommerabend,
Musen aus Musik und Wein,
endlich Stille, Ruhe habend
tauch ich in den Traum hinein –
Sommer, immer wieder morgen.

Danke dem Genuß, Gedanken
an die Zeit – die ohne Zeit,
träume nicht den Tod zu tanken,
Energie ist Ewigkeit,
Sommerabend ohne Sorgen.

Wider Benn

Vor deinem Lächeln flieht mein Kummer,
von deinen Lippen saug ich Kuß
und in der Nacht im Liebesschlummer,
nur Traum, nur Geben, nie ein Muß.

Ach, deine Zierde ist von Dauer,
aus deinen Zügen lockt die Lust
und nachts, da bin ich Zukunftschauer,
nur Glück, nur du in meiner Brust.

Du, die so gut, so tief zu geben,
Du, die mich trägt, so wie ich bin -
drum muß ich abends zu dir schweben,
dort zieht mich Kuß und Schlummer hin.

Ach, wenn ich könnte, wie ich wollte

An einem dunklen Tümpel
sortier ich Hirngerümpel,
wo trübe Gramgedanken
durch meinen Schädel zanken,
die immer wieder kreisen
von dir zu mir und überhaupt,
die meine Trauer speisen,
denn Küsse hast du uns geraubt.

Ich kann`s noch gar nicht fassen,
warum nur soll ich lassen,
was Jahre hat getragen
in allen Lebenslagen,
was uns so fest verbunden
durch Regen und durch Sonnenschein
soll plötzlich ganz verschwunden
aus unserm jungen Leben sein.

An diesem stillen Weiher
fühl` ich mich langsam freier,
versenke meinen Kummer
tief in des Weihers Schlummer,
daß er dort unten bleibe,
als träge Last im Tümpelgrab,
nie mehr nach oben treibe,
damit ich ihn nie wieder hab.

Hab` Dank du stilles Wasser
gabst Seelenruh, warst nasser,
warst guter Trost, warst Segen.
ich geh` mich nun hinlegen.
Der Weiher ist alleine,
da schießt die Last vom Grund empor
und mit ihr tausend Steine
und drückt mich nieder nach wie vor.

Am Mittelmeer um Mitternacht

Meine Sonja heißt jetzt Sandra,
denn die liebe ich viel mehr,
seit ich sie auf der Veranda,
küßte dort am Mittelmeer.

Alle Worte, alle Leute
trösteten mich nicht so sehr,
wie die Küsse, die wir heute
küßten dort am Mittelmeer.

Wochen trug ich schwere Steine
und ich fühlte mich so leer.
neues Leben waren deine
Küsse dort am Mittelmeer.

Von Sternen und Augen

Deine Augen waren Sterne
meines Herzenshimmelszelt,
ach, wie suchte ich so gerne
deine Augen, meine Welt.

Deine Blicke waren Sonnen
meiner Seele Weltenall,
jetzt ist alles so zerronnen,
wie die Welt beim Sündenfall.

Meine Tränen zeig ich keinem,
denn der fragt mich gleich warum,
kann nichts sagen, kann nur weinen,
meine Lippen bleiben stumm.

Meine Augen sind jetzt Ströme
deines Herzenshöllenfluß,
ach, wie schade ist es schöne
Augen ohne Sternenkuß.

Dort, wo Romeo und Julia zu Hause sind

Manche Orte singen Lieder
längst vergang`ner Tage vor,
bringen Freudenseufzer wieder,
laut als sänge dort ein Chor

Doch die Stunden dieser Orte
sind verflossen lange Zeit,
nur die dort geschrieb`nen Worte
gelten wohl auf Ewigkeit.

In den Gärten von Verona
war der Himmel einmal mein,
denn wir waren uns dort so nah,
näher kann man sich nicht sein.

Alle Blumen flüstern deinen
Namen wie aus Geistermund,
doch sie finden dort nur einen,
mich in meiner Todesstund.

Ach, Verona, ich muß gehen,
unsre Liebe bleibt zurück,
bleibt dort in den Gärten stehen,
wird nie mehr gepflückt.

Wider die Mathematik

Du ohne mich
wäre so viel wie
ich ohne dich
wären zwei
ohne du, ohne dich
wären nur ein
Ich für mich
    doch
wir zwei gemeinsam
sind mehr als zwei einsam
sind eins
sind eine Liebe

Mittelmeer um Mitternacht

Über uns die Himmelsweite,
sternenschnuppenreiche Nacht,
unter uns des Meeres Breite,
wellig, blaue, bleiche Macht,

wo kein Anfang und kein Ende
und nur Blau ein Dasein hat,
wo ein Halt nur unsre Hände,
Luft so lau und Süden satt,

dieser Augenblick macht süchtig,
daß er bleibt und nie vergeht,
alles Schöne ist so flüchtig,
kaum erblüht, schon weggeweht,

in den Augen ein Gewittern
und im Herzen ein Orkan,
diesen Zauber zu erzittern,
wie im Sog, im Rausch, im Wahn,

In den Seelen hat Gott Amor
dieses Glück uns aufbewahrt,
eingemeißelt wie in Marmor,
diese Flüchtigkeit der Fahrt.

Gegensätzliches

Weil die Liebe die Welt aus den Angeln hebt
    brauchen wir einen starken Arm
Weil die Liebe blind macht
    brauchen wir den nötigen Durchblick
Weil die Liebe alles hergibt
    brauchen wir kühle Köpfe zum Rechnen
Weil die Liebe keine Feinde kennt
    brauchen wir die ständige Bedrohung
Weil die Liebe im Mondschein blüht
    brauchen wir grelles Rampenlicht
Weil ich lieber liebe
    brauche ich die geraden Zeilen nicht.

Nekrolog

Du hast meinem Vegetieren
deine Liebe eingehaucht,
daß die Formen explodieren,
weil es neuen Inhalt braucht.

Welche Leere war mein Leben,
welche Reife gab dein Kuß,
aus dem Staub ein sich Erheben,
hin zum Göttlichen ein Muß.

Deinen Körper zu erlieben,
der von Charme so sanft umspannt,
Seelensamen aufgetrieben,
meine Scham so süß gebannt. -

so süß ... -

Deinen Körper fühl ich faulen,
Seelentriebe sind verdorrt,
Seelensteife, ich muß jaulen,
weil dein Grab mein Herz durchbohrt.

Geschriebene Küsse

Sag mir, wie ich Küsse schicke
über Ki**l**ometer we**i**t,
sag mir, wi**e** ich deine **Bli**ck**e**
fange, wenn wir nicht zu zweit.

Langsam senk ich meine Lider
eine Sehnsucht hebt die **B**rust
und dann b**li**ck**e** ich dich wieder,
küsse dich mit höchster Lust.

Und dann weiß ich, daß die Küsse
auf dem Weg von mir zu dir
über tausend Zau**b**erf**l**üsse
schweben auf d**ie**s **Bl**att Pap**ie**r.

Ruhen sanft in Tinten**b**ahnen,
g**l**e**i**t**e**n mit dem Wortefluß
und nur du, mein Schatz, kannst ahnen,
wo ver**b**orgen so**l**ch e**i**n Kuß.

D**e**ine **Bli**ck**e** auf den Zeilen
spreng'n das **bl**aue Küssegrab,
sagen d**i**r im Wortz**e**rteilen,
wie ich dich so gerne ha**b.**

Auf der Brücke

Schwere Wolkenbänder
malten Farben in Pastell,
lila Himmelsränder,
glühend rot und leuchtend hell.

Du und ich ganz leise,
Kopf an Kopf und Hand in Hand,
unter uns zwei Gleise
Strang an Strang, so elegant.

Drei der Lampen blinkten,
als die Lok vorüberfuhr
und wir lachten, winkten,
da war Gottes Liebe pur.

Ein Brief

Wo ist mir nur der Tag geblieben -
ich habe doch nur kurz geträumt,
geträumt für immer dich zu lieben,
was habe ich denn nur versäumt?

Ich kann es dir ja doch nicht sagen,
was soll es auch gewesen sein -
es ist egal, und alles Fragen
bringt mir nichts Nennenswertes ein.

Doch, daß du warst in meinen Träumen,
hat mich so wunderbar verzückt,
ein Blütenmeer in alten Bäumen,
ich war aus dieser Welt entrückt.

Lidice

Mein Volk der Dichter und der großen Denker,
der Kunst und der Kultur so vieler Zeiten,
die waren voll von Geist und Neuigkeiten,
gebaren manchen Weltgeschichtenlenker.

Mein Volk: Vernichter und brutalste Henker,
der größten Barbarei seit allen Zeiten
von unbegreiflich schlimmen Grausamkeiten,
wohl niemals vorher war die Welt noch kränker.

Ich stehe hier so tief beschämt und schweige
vor so viel Leid, das Menschen hier gelitten
und Deutscher, Du, ob Ost, ob West, hier neige

dein Haupt zur Erde tief, daß hier inmitten
Unmenschlichkeit und Schuld doch Scham aufsteige,
voll Demut um Versöhnung jetzt zu bitten.

Dresden, Dezember 1989

Im kalten Monat Dezember war's,
Der Regen ging in Schnee über,
Der Wind fuhr kalt unter die Haut,
Und wir in die DDR rüber.

Als Jugendkontakt geplant,
Offizielle Jugend,
Viel Museen, wenig Kontakt,
Viel sozialistische Tugend.

So fuhren wir los aus Neuss,
Jugendliche aus dem Westen,
In den Osten, in eine andere Welt,
Zu unseren gleichsprachigen Gästen.

Was wird drüben los sein?
Wo kann man reden, wo lieber schweigen,
Was gilt noch in diesem Staat,
Was wird uns die Wende zeigen?

An der Grenze eher locker, ruhig,
Warten, Pässe, Stempel, keine dummen Fragen,
Nicht mehr Suchen nach dem Feind,
Nicht mehr dieses nicht zu atmen wagen.

Abends, Jugendhotel Pirna, da
Gab's ihn noch: Erich Honecker,
In Wort und goldgerahmtem Bild
Und sogar als Anstecker.

Den Staatsmann und Held der Arbeit,
Den Bauer der Jahrhundertmauer,
Der nun um die Rente bangt,
Denn das Volk ist stinkesauer.

Was vor Wochen noch undenkbar war,
Das Eis begann zu brechen,
Reden, das ehrlich war, man begann
Endlich eine Sprache zu sprechen.

Ihr habt vorsichtig erzählt, ihr seid
Studentinnen aus Thüringen
Und in der Ausbildung zu
Lehrerinnen in Meiningen.

Ihr, wie wir, Kinder ihrer Zeit,
Ihr FDJ und wir katholisch,
Ihr zur Wende kontra, wir pro,
gemeinsam wurd es alkoholisch.

Wir haben lange geredet, erzählt,
Mal ruhig und mal emphatisch,
Einer Meinung waren wir fast nie,
Dafür umso mehr sympathisch.

Wäre ich nicht glücklich verliebt,
Hätten mich Amors Pfeile tief getroffen,
Ihr ward so leidenschaftlich unnahbar,
So haben wir gequatscht, gesoffen.

Wir haben viel voneinander gelernt,
Eure Ängste, eure Zukunftssorgen,
Eure Sympathie für die SED
Und die Frage: "Was wird morgen?"

"Wird unser Studium noch anerkannt?"
Die Massen wollen nicht mehr warten,
Deutschland eilig Vaterland,
Neue Mächte, alte Bürokraten.

Montagsabends war im ganzen Land
Die Zeit der Volksdemonstrationen,
So fuhren wir nach Dresden rein,
Der Sache mal beizuwohnen.

Der Tag war kurz, die Nacht kam früh,
Auf dem Weihnachtmarkt die Lieder klangen
Seltsam, Glühwein roch wie Weihrauch,
Als ob sie dem Land sein Requiem sangen.

Zitternd standen wir im Winterwind,
Die Stimmung tat mit uns dasselbe,
Graue Flocken eisig kalten Schnees
Ertränkten sich leise in der Elbe.

Die Geschäfte schlossen und die
Menschen mit schwarzrotgelben Fahnen
Kamen, einzeln, hundert, tausendfach,
Um der Wende Weg zu bahnen.

Um sieben war erst Friedensgebet
In der Hofkirche, in aller Stille,
Doch draußen auf dem Opernplatz
Brüllte bereits des Volkes Wille.

In einer Kirche seid ihr noch nie
gewesen, gläubige Christen
Galten für euch als Spinner, vom
Aussterben bedrohte Anachronisten.

Schon das Kyrie eleison
War so wundersam gesungen,
Diese Bitte zu dieser Zeit
Ist wohl tief in euch gedrungen.

Sie lasen die Bergpredigt vor,
Ausgerechnet die, des Spinners Werke,
Belacht von der Politik in aller Welt,
Jetzt zeigte sich seine Friedensstärke.

Seelig die Friedlichkeit,
Gütig sein und denen verzeihen,
Die uns verfolgten all die Zeit,
Ohne Gewalt wollen wir uns befreien.

Noch nie hab ich das erlebt.
Die Utopie ist Politik geworden,
Ein Volk erhebt sich, befreit sich
Ohne Gewalt und ohne Morden.

Männer, Frauen aus dem Volk,
Die Jungen wie auch die Alten,
Mancher mutig, viele scheu,
Kamen um Fürbitte zu halten.

Keine Rache trotz der Wut,
Um all die geknechteten Leben,
Wir gehen jetzt den ersten Schritt,
Die Hand zum Frieden zu geben.

Das Opium des Volkes ist der Rausch
Von Gottes grenzenloser Liebe,
Und ohne suchende Sucht nach Sinn
Verkümmern alle Triebe.

Sanfte Tränen sah ich aus
Euren Augen leise wogen,
Plötzlich war es euch so klar,
Ihr wurdet jahrelang belogen.

Von eurer Scham und Ehrlichkeit
Wurd es mir so zittrig in den Beinen
Und so froh in meinem Kasten Brust,
Ich mußte selber leise weinen

Draußen war es bitterkalt,
Trotzdem, hunderttausend hatten
Sich aufgemacht, öffentlich
Im Reich der Spitzelschatten.

"Schämt euch, schämt euch", brüllten die
hunderttausend wütenden Lippen,
Um ihre Verachtung vor das
Haus der Stasi zu kippen.

Plötzlich konnte ich eure Angst
Vor dem Hassen der Massen spüren,
Als so mancher begann zu
Schlagen vor die Stasitüren.

Die Stimmung war schwanger mit Zorn,
Doch es siegten die Vernünftigen,
Und ihr Ruf "keine Gewalt"
Konnte die Menge besänftigen.

Immer mehr schrien sie „Deutschland“
Und die Augen von so vielen
Begannen gierig nach dem Geld
Des reichen Westens zu schielen.

„Deutschland, Deutschland einig Vaterland,
Deutschland über alles hier auf Erden“,
Schwarzrotgoldene Pracht und
Mir begann es übel zu werden.

Diese Nacht durchzitterten wir
Im Wechselbad der Gefühle,
Mitgerissen vom Umsturzsog
Aus diesem brodelnden Gewühle.

Stunden später, müde, kalt,
Tiefgekühlt und tief verschwiegen,
Aufgewühlt von dieser Nacht
Hatten wir den Bus bestiegen.

Zurück, entlang stinkender Industrie,
Daß die Menschen endlich rebellieren,
Wundert nicht mehr, denn wer hier lebt,
Der hat nicht viel zu verlieren.

Morgens ward ihr nicht mehr da -
Zurück in eure Studiumsroutine,
Und mein Herz glich der Republik,
Eine einzige eingefallene Ruine.

Pirna verließen wir im Schnee,
Gestern schwarz, verdreckt, heute weiße
Weste, Hauptsache gut verdeckt
Die ganze alte Scheiße.

Wir fuhren weiter nach Erfurt,
Um dort mit Menschen zu sprechen,
Denen es gelungen war, den
Wahn der Planer zu durchbrechen.

Die jahrhundertalte Altstadt
Ohne Skrupel einfach zu planieren,
Um an deren Stelle dort
Wohnkasernen zu betonieren.

Und nebenan - Schicksal Deutschland,
Als es vom Kaiser endlich frei war,
Da war ein neuer Staat auf eine Stadt getauft,
Die Republik hieß einfach Weimar.

Die zarte Knospe Demokratie
Erstarrte schnell im Terror Linker, Rechter
Und alle sahen schweigend zu,
Wie sie starb im Reich der braunen Schlächter.

Die Stadt, Kultur wohin man sieht
Und alle Größen kamen,
Zu schreiben, dichten, spielen hier,
Ein Pantheon der deutschen Künstlernamen.

Der deutsche Stolz, verkitscht und echt,
Ein Volk voll dichter Denker
Und alle sagten: "Das sind wir,
In Kunst, Kultur die Weltenlenker."

Ein Vorort Weimars liegt im Wald
Auf einem Buchenhügel,
Hier starben Goethe, Schiller einst
An deutscher Naziprügel.

Hier ging das Tor zur Hölle auf,
Die deutschen Henker und Vernichter
Vergasten Menschen tausendfach
Und trafen nachher milde Richter.

Doch meine Strafe wird viel härter sein
Als sie es sich wohl jemals dachten,
Wen Dante in den Höllentrichter schrieb,
Der wird in Ewigkeit dort schmachten.

Sie hießen Wittig, Klutig, Reineboth
Und Mandrak war das Größte von den Schweinen,
Auch Weisank, Schwahl und Kamloth,
Vergeßt von diesem Nazipack nicht einen.

Zurück nach Erfurt - diese Trostlosigkeit,
Wir sehnten uns nach netten Frauen,
Der Benten, Stefan Schmitz und ich
Sind über Nacht nach Meiningen abgehauen.

Der Zug, der brauchte fast vier Stunden hin,
Dann mitten in der Nacht ein Taxi angehalten,
Den Pförtner bequatscht und rauf ins Internat,
Die lachten froh aus ihren Aufwachfalten.

Nein, niemals waren Westler hier,
Denn dafür wär man glatt geflogen,
Ob Kohl, ob Marx, ein jeder hat sein Volk
Auf seine Art belogen.

Zurück um drei, die erste Bahn,
Mit tiefgefror`nen Tränen,
Ihr "Feinde", morgen werd ich mich in Neuss
Nach euch und diesem Ausland sehnen.

Berlin

Seit die Grenze, seit die Mauer,
nicht mehr Deutschlands Trauma, Trauer,
seit aus Kanzlers treuer Hand
eine Wirtschaftswunderwelle
ihre D-Mark-reiche Quelle
in der neuen Hauptstadt fand,

seit dem neuen deutschen Michel
nicht mehr Hammer, nicht mehr Sichel
die Identifikation -
heute schreibt die Abrißbirne
die Geschichte einer Dirne,
die sich stolz nennt Nation.

Seitdem bluten wieder Wunden,
niemals löscht man diese Stunden,
als Berlin die Pest gebar,
als das braune Loch der Werte
alles tötend in sich zerrte,
niemals wird es, wie es war.

Carcinoma soziale

Was uns Bürger schützen sollte,
unser Recht, ein Stück Kultur,
was man wider Willkür wollte,
wuchert seiner selber nur.

Krebsgeschwür von Paragraphen §,
jeder Scheiß wird § juristiert,
Land der Dienst§anweisungs§sklaven,
tumorös schon in§fil§triert.

Bald § sind § selbst § Spontanoasen §
§ durch §§ Behürden §§ präfinal §§,
Bürokraken, Meta§§§stasen,
De§ut§schl§§a§§§nd stirbt § geregelt § mal.

vorher - nachher

Diesmal werden wir nicht schweigen,
wenn sie Naziphrasen schrein,
werden aufstehn, um zu zeigen,
das darf nicht noch einmal sein.

Wieder werden alle schweigen,
wenn die Nazis Phrasen schrein,
werden strammstehn, sich nicht zeigen,
das tritt alles noch mal ein.

Aus Banalem schält sich bald
wahrhaft das todtale Grausen
als der Zeichensinngehalt.

Aus ***sch***eiß ***Witz***en, F***axen***, Fl***ausen***
blinkt der Haß, ges***uch***t Ge***walt***,
Gräber schänden sp***aß***t ***B***an***ausen***.

Alt der Kern, neu die Gestalt,
saht ihr nicht der Worte Pausen
tiefer Sinn? - zu spät, kein Halt.

Gräber schaufeln, ***Gas aus Brausen***
wie ***Treblinka***, ***Buchenwald***,
Auschwitz, merkt ihr`s, ***Sachsenhausen***.

Bahnhof in Schlesien

Fünfundvierzig, Januar war´s, du zwölf Jahre
Mutter krank, im Krieg der Vater, in den Händen
einen Koffer Heimat, Zuflucht auf der Bahre,
auf die Bahn zur Flucht, die Kindheit zu beenden.

Fünfundfünfzig Jahre später, auf den Gleisen
fährt der Zug nicht wieder ein um auszusteigen,
kein Entrinnen dem Erinnern trotz der Schneisen
in der Seele keine Rache, nur ein Schweigen.

Deinen Koffer hast du irgendwo verloren,
nicht bezahlen kann man Eltern, Kinderlachen,
Unrecht ist nicht mit mehr Unrecht gut zu machen.

Keine Heimat ohne Frieden, kein Zuhause
ohne Gnade, denn sonst macht der Krieg nur Pause.
- wärst du nicht geflohen, wär ich nicht geboren -

Für Julian

Mein Herz ist voll Melancholie,
von Gram und Bitterkeit so voll,
mein Geist, der sucht nach Harmonie,
nach Sinn und was das Ganze soll.

Warum ist alles schon vorbei,
dein Leben schon zu Staub verweht,
und alles Streben ist entzwei,
zerstört, weil nichts mehr weitergeht.

So langsam werd` ich taub und stumm,
mein Hirn, das hört das Denken auf
und fragt nicht mehr nach dem Warum,
denn es gibt keine Antwort drauf.

So bleibt mir nur noch eins zu tun,
als allerletzte Freundestat,
in meinem Herzen sollst du ruhn,
dort stirbst du nicht, dort bist du Saat.

Abschied

Ich sehe die Seele sich häuten,
die Kindheit stirbt, die Jugend geht.
Ich suche die Stille, zu deuten
was nimmer bleibt, was immer weht.

Ich spüre Vergangnes verhauchen
mit Tränen sanft, und Wehmut steigt.
Ich schweife, mir schwindelt's, will tauchen
in Träume sacht, und alles schweigt.

Ode an die Öde

Nichts geschrieben, Ode an die Öde,
Epos einer Ebbe ohne Flut,
keine Sprüche, meine Sprache: spröde,
aus - das Feuer, Asche ohne Glut.

Mein Gerede: geistlos, nur Palaver,
die Gedanken fallen in den Kot,
Kreatives fault jetzt als Kadaver,
meine Dichtung, die ist längst tot.

Und die Mörder kommen wieder, täglich,
Alltag, Arbeit, Armut heißen sie,
meine Agonie, so traurig, kläglich,
Auferstehung gibt´s für mich doch nie.

Mein Gehirn ist nur noch fahle Hülle,
Sein im Gleichschritt und im tristen Trott,
vom Gestirn im Trapp zur Jauche, Gülle,
Seele, sehe dich schon am Schafott.

so sieht es aus

meine Stunden, meine Zellen
sterben langsam weiter ab,
meines Geistes Schöpfungswellen,
Psyche, Physis, alles schlapp,

Kinder schreien, streiten, zanken,
alles frißt die Arbeit auf,
selbst Gefühle und Gedanken
trocknen aus im Alltagslauf,

keine Silbe, keine Zeilen,
keine Muse inspiriert,
Tritt und Trott und weitereilen,
innerlich mumifiziert.

Das Ziel vor Augen

Denk nicht, ring nicht mit dem Wort,
zeugt ja doch nur Depressionen,
Zukunftsziele zum Abort,
in die Zwänge, Repressionen,

weder Acker, auch nicht Pflug,
nur Partikel für die Masse,
bloß Statist für den Betrug,
nur Kloake statt der Klasse,

weiterackern, deine Pflicht,
bis zur letzten, bittren Neige
funktioniere, denke nicht
deine Zukunft weiter - schweige.

Am Zenit des Lebens

In der Mitte meines Lebens -
Höhepunkt ist Mittelmaß,
alle Arbeit scheint vergebens,
Ziel ab jetzt ist nur noch Aas,

einzig Mühsal, keine Sterne,
ohne Schwert nach Gordion,
dat is peinlich, meine Ferne:
Perser sein in Marathon,

ich bin Cheops ohne Steine,
hört das Lachen durch die Zeit,
Geier graben die Gebeine
aus dem Grab der Endlichkeit.

Abschied von Krefeld

Unser Leben ist dynamisch,
welch ein Segen, welch ein Fluch
ich bin depressiv, bin manisch
bis zum Sensenmannbesuch

will hier weg und doch noch bleiben,
hasse es, hier wegzugehn,
werd ich stranden, werd ich treiben
oder stolz am Ruder stehn?

Was wird leben, was wird sterben?
Welcher Fixstern ist jetzt mein,
laßt euch bloß das Glück vererben,
niemals statisch nur zu sein.

Schickeria

Menschen lediglich Kulisse,
bunte Farben, Pappmasche,
lauter übertünchte Risse
und vom Wesen her Klischee

Übel riecht´s, Parfum und Samen,
Arroganz und lässig sein,
etwas dümmlich auch die Damen,
stark bemalt, voll Edelstein

Wirtschaft, Recht und Ordnung ehren,
schön sein, daß es alle sehn,
gut von Papas Reichtum zehren,
schick und sauber vorwärtsgehn.

König der erfolgreichen Lyriker

Huh, seht nur, wie ich zaubern kann
mit Zeilen, Wörtern, Silben, Sätzen,
Mensch, wie ich dichte, Mann oh Mann,
Welt! lerne diese Kunst nur schätzen.

Mit acht verschiedenen Wörtern, ja,
da kann man zwanzig Zeilen machen,
vier ganze Strophen, ist doch klar,
voll Fühlen und voll Liebessachen.

Und wer mein lyrisches Talent,
in dieser hohen Kunst zu dichten,
aus lauter Bosheit nicht erkennt,
den gilt's als Stümper hinzurichten.

Wiedergekommen

du
wieder du
bist du wieder
wieder und wieder

du
wieder bist du
angekommen
du bist
ange- wiedergekommen
bist du
und

du
angekommen bist du
also
wiedergekommen

also
wieder
bist du
doch
wiedergekommen

Ich bin der ich bin

Keine Orden, Adelsnamen,
kein geraubter Reichtum reizt,
Titel nicht und Tittendamen,
niemals Neid auf weitgereist.

Ich bin ich aus vollem Herzen,
pfeife auf die Konvention,
wichtig ist mein scharfes Scherzen,
meine Freiheit, Spott und Hohn.

Was lockt an lackierten Affen,
an der Gier nach Geilheit, Geld?
Lebenssinn im noch mehr Raffen,
Krebsgeschwulst Kulissenwelt.

Ich bin ich aus vollem Herzen,
pfeife auf die Konvention,
wichtig ist mein scharfes Scherzen,
meine Freiheit, Spott und Hohn.

Geb dem Geist, wonach ihm dürstet,
habe meine Meinung nicht
artig in Facon gebürstet
bis man vor sich selbst erbricht.

Ich bin ich aus vollem Herzen,
pfeife auf die Konvention,
wichtig ist mein scharfes Scherzen,
meine Freiheit, Spott und Hohn.

Krefeld
Biergarten im Stadtwald

Schönes Haus aus Kaisers Zeiten
Bier und Bäume, Bänke, Tische,
meine blauen Blicke gleiten
durch die Sommersonnenfrische.

Kinder schreien, Mütter stillen,
Kellner schleppen heiße Fritten,
hinter dunklen Sonnenbrillen
stieren Rentner auf die Titten.

Typen zeigen ihren Kult her,
lässig, cool in jeder Pose,
auf der nackten Frauenschulter
eine tätowierte Rose.

Hohe Hacken, schicke Schale,
Eintagsschöne, Vorbild heute,
Leben ist wie Bier halt: schaal, eh
einer sich versieht der Leute.

So(nicht)nett

Der eine tötet keinen
und wird doch umgebracht,
der andre tausend einen
und wird zum Held gemacht,

der eine macht nur Dreck im Leben
und wegzuwerfen ist sein Zweck,
der andre hat sich weggegeben,
hat keinen Zweck, er lebt im Dreck.

Es platzt der Kragen, schnürt die Kehle,
es schreit zum Himmel stumme Wut,
vorbei das mit den Göttern Raufen,

der Teufel scheißt auf einen Haufen,
die flachste Hohlheit höchstes Gut,
die Masse ohne Selbst und Seele.

Auf der Suche

Habe den Menschen zerschnitten
vom Kopf bis tief ins Bein,
weiter durch Adern geglitten
zurück ins Herz hinein.

Habe in Hirne gesehen,
den Knochen tief ins Mark,
chemisch den Menschen besehen
im Reagenzglassarg.

Hab' nichts aus Händen gelesen,
was wirklich wichtig war,
Hände, die faulen, verwesen
wie Hirn und Haupt und Haar.

Hab' nicht Engramme gesichtet
von Lebensglück und Leid,
keine der Zellen berichtet
von wahrer Menschlichkeit.

22.00 Uhr, Freitag vor dem Fernseher
talk show time

Hallo, liebe Zuschauer, toll daß Sie
wieder bei Stroh sieben eingeschaltet sind,
wir haben heute wieder super Gäste.
Der Jürgen aus Ibbenbüren
pinkelt nur im Hocken,
die Gisela aus Wernigerode
hat eine vereiterte Nagelzehenoperation
seit zwei Stunden hinter sich und
Petra aus Eggenfelden
hat schon zweimal bleifrei
in ihren Diesel getankt,
aber erst mal die Werbung:
Für den gesunden, jungen Hund von heute...

zapp

Angela, du bist also in der metzgerei
mit verseuchter rindersalami
beworfen worden und hast danach
eine gulaschallergie bekommen
wegen ja ganz furchtbar war das
alle schauten bist du dann zu arzt
als ich die spritze du kommst
spiel zeug mit auch baum

zapp

...gesunden, jungen Hund von heute...

zapp

...jungen Hund von...

zapp, zapp

unser nechster gast is di gisela
aus wenigerote mit oparazion

zapp, zapp, zapp

danach in holliwutt mit al di stas
von ilisabis teelor bis dschon wehn

zapp, zapp, zapp, zapp

rindersalamiwangulaschsin

zapp zapp zapp zapp

...Hund von...

zappzappzappzappzapp

rinsawagul

zappzappzzzaaapppzzzzzzzzzzzzzzzzzaa
aaaaaaaaaappppppppppppppppppppppp
ppppppppppppppppppppppppppppppppp
ppppppppppppppppppppppppppppppppp
ppppppppppppppppppppppppppppppppp
ppppppppppp

Genre, Stil und Attitüde,
eure wahre Meisterschaft:
peinlich hohle Platitüde,
was Ihr wahrlich meistens schafft.

Sektion

'Wer stirbt, der hat die ew'ge Ruh!'
Wer hat dich nur so mies belogen,
jetzt packen erst mal Metzger zu,
jetzt holen dich die Pathologen.

Sie schneiden, spalten, sägen schwer,
sie schmeißen Herz und Hirn in Schalen,
es spritzt, es stinkt das Eitermeer,
sie brauchen möglichst viele Zahlen.

So leer der Mensch, schnell Zellstoff rein,
die Haut vernähen Assistenten,
um zwölf muß alles fertig sein
und draußen kotzen die Studenten.

Genesis

Aus fraktalem Paaren
chemischer Strukturen
Moleküle scharen
sich zu Zellkonturen

weben ein Gewebe
ordnen mit Organen
das Genomgestrebe
sich in Form zu bahnen

wundersame Wellen
dieser ausgesäten
existenziellen
Singularitäten.

Biotechnikologie

Meine Eltern, meine Kinder
und dazwischen einer: Ich,
mein Entstehen, mein Vergehen,
einzig jedes Sein für sich,

keiner gleich und gleich in einer
Würde, Freiheit, Menschlichkeit,
meistens limbisch, meist ist`s Liebe,
kommen, gehen durch die Zeit,

unsre Spuren, unsre Sterne,
Geist aus Genen, ganz fraktal,
aus Gonaden zu Monaden,
genial, nicht gen-ial!

Wozu Menschen klonen?

Encephalon

Das Geheimnis dieser Wellen
ist die Heimat des Esprit,
drei Pfund gelblich grauer Zellen,
Wunderchip mit Zauberstellen
sind dem Menschsein dernier crit.

Generator Genialem
Schöpfer so von Sinn und Sein,
Ideator Idealem,
aber auch von ganz Banalem,
bis zum Schröpfer, bis zum Schwein.

fast food poesie

Hier fehlt der Koch, das Salz, der Reim,
der Genius, der`s angepackt,
jeder Esprit im Keim erstickt,
Gedichte nur noch abgeschmackt.

So fad der Fraß, so fahl der Vers,
das Maß und die Metapher, aus
Federn, Pfannen, kommt pervers
die Burger-Lyrik nur noch raus.

Ein reingestopfter Wörterkloß
mit Satzsalat. Mensch, welch ein Graus
ist Schreiben ohne Würze bloß,
keinem Gourmet ein Geistesschmaus.

Lyrikalismus

Im Rausch der Droge Dichterwort
halluziniert die Welt als Fühlen,
es reißt die Seelenträgheit fort,
unglaublich Menschen aufzuwühlen

und zitternd, krampfend ringt das Hirn
vor Sucht, vor Sehnsucht auszusprechen,
was wütet hinter heißer Stirn,
was reif ist, aufzubrechen.

Im Kampf der Psyche mit dem Wort
kann nur die Lyrik wirklich kühlen,
und nur die Zeilen sind der Ort
zu nennen, was es heißt zu fühlen.

Metalinguistik

Plötzlich platzt das Wörterschweigen,
sternenschnuppenjäh und gleich,
neue Welten, Sphären steigen
aus dem Syntaxtotenreich.

Menschenzeilen, Gotteszeichen,
die mit ihrem Zaubersinn
einfach Ewigkeiten eichen,
apriori Sinnbeginn.

Es rauscht und rauscht...

In den Zauberzeiten
seelischer Idiosynkrasie,
explosiver geistiger Manie
sein Beschränktsein weiten:

Frieden wider Streiten,
Kosmos gegen Chaos, Entropie,
das was ist, das war noch niemals, nie,
weit aus sich zu schreiten.

Jenseits aller Eitelkeiten,
kotzig, körperlicher Kachexie,
intellektueller Onanie
rauschen Ewigkeiten.

In der Fülle der Stille

Geräusche, überall an allen Ecken
und Menschen wie Motoren kreischen, dröhnen,
die Stadt will platzen, Straßen, Plätze stöhnen;
ein Meer aus Lärm, uns alle zu bedecken.

Doch endlich fand ich den ersehnten Flecken,
mich neu mit diesem Leben zu versöhnen,
denn durch die Stille dieser Mauern tönen
die Stimmen, mich zum Leben zu erwecken.

Zurück bleibt lautlos meine alte Hülle;
da hat in Gottes Haus, nur so beim Träumen
mir jemand leise was ins Herz gegeben,

das trag' ich raus ins Meer, ins laute Leben,
das fühle ich, den Fels im Brandungsschäumen,
den vollen Frieden dieser Stille Fülle.

Lebensrausch

Leben braucht das Fühlen,
braucht das Toben tief im Herz
jenes Wahnsinnswühlen,
höllen- und auch himmelwärts.

Leben braucht die Süchte,
braucht die Freiheit für den Geist,
so entstehen Früchte,
welche keiner an sich reißt.

Leben braucht Ekstase,
braucht den Griff zum Firmament,
bin mir Translokase,
Ewigkeit aus Dekrement.

Das Knirschen in der Welt

Wenn mich Todesschwingen streifen,
schauert meine Existenz,
ahn ich jenes alles Sein Umgreifen
jenen Schwung zur Transzendenz.

Erst wenn letztlich alles scheitert,
dort, wo Alles oder Nichts,
wo nicht Schein das Sein erweitert,
ist die Quelle allen Lichts.

Ich war Sandkorn und nicht Rädchen
im Getriebe jener Welt,
und mein Sein am seidnen Fädchen
trägt nun ganz das Himmelszelt.

woher? wohin?

Gab es jemals diese Stunde,
still und voll, unendlich tief,
als das Sein, die Weltenrunde
dich bei deinem Namen rief?

Welker Körper, träge Psyche,
immer suchen, nie am Ziel,
Schweiß und Tränen, Flucht und Flüche,
nie genug und doch zu viel.

Welche Zeiten, täglich Wechsel,
intrapsychisch Entropie,
Menschen, Länder, ein Zerhäcksel
und Tristesse statt Energie.

Gibt es jemals ein Vollenden
in der Unbegreiflichkeit,
Eins aus Herz und Hirn und Händen
in der Gottergriffenheit?

Katalyse

Plötzlich platzt die alte Schale
und die Schuppen von den Augen
fallen und mit einem Male
kann das Alte nicht mehr taugen.

Von dem Geistesblitz getroffen
wird der Körper kataplektisch,
aus dem Hadern wird ein Hoffen
und die träge Psyche hektisch.

Bin mir Teilchen, bin mir Welle,
und mein Ich ist oszillierend
zwischen Hölle, Himmel, Helle
keimt im dunklen Vegetieren.

Psychitis

Fahle Hülle, Schmerz und Pein,
Häufchen Elend überhäutet,
innen hat der Tod schon dein
letztes Stündlein eingeläutet.

Eine stille Träne rinnt
als Fontäne deiner Trauer,
weil der Tod nun doch gewinnt,
hier und jetzt und auch auf Dauer.

Tausend Hände, die dich doch
halten, zum Gebet sich falten -
doch der Sog zum Sarg, ins Loch,
der ist nicht mehr aufzuhalten.

Nach dem Kampf geht jetzt der Mut,
Arzt erst und dann Gott gescheitert -
was mir bleibt ist stille Wut,
daß es mir die Seele eitert.

Weihnacht

Wird Gott nicht tief in dir geboren,
dann kommt er nie als Mensch zur Welt,
dann ist die Welt zutiefst verloren,
weil Gott in Mythos dann zerfällt.

Ist Gott nicht Wiege deines Lebens,
dann wiegt nicht Bethlehem bis hier,
dann war auch Golgatha vergebens,
Gott hat Geburt und Grab in dir.

Gebiert aus dir nicht Hoffnungsschimmer
den Unterdrückten weit und breit,
bleibt grausam diese Welt auf immer,
ist Weihnacht bloß vertane Zeit.

St. Marien im Capitol

Steh' so stumm, du Stunde schweige,
Stille küßt die Seele hier.
Seele schwebe, Seele steige
Schaue jenes Hin-zu-dir.

Welt zerfalle, Welt gebäre,
Alles ändert seinen Sinn,
Stille, meine Seelenfähre,
Schweigend komm ich zu-dir-hin.

Greift mich jenes Augenschließen,
Jene absolute Ruh,
Seh ich zu dir alles fließen,
Meines geb ich Dir-hinzu.

Zauberklänge

Ich seh ihn plötzlich wieder,
den Sommer, feucht und kühl,
beim Hören dieser Lieder
kam wieder das Gefühl.

Du warst an meiner Seite,
so fuhren wir durch's Land.
- die nebeltrübe Weite,
das Korn, der Meeresstrand -

Die Nebelschwaden webten
ein Netz um jedes Herz,
weil sanft die Seelen schwebten,
so einfach himmelwärts.

Der Nebel hat verbunden,
die Schwaden sind verweht,
zwei haben sich gefunden
und Ewigkeit entsteht.

Ein Lied, mit seinen Zauberklängen
kommt Sommernebel sanft empor
und feine Schwadennetze drängen
aus meiner Herzensau hervor.

Wen sucht ihr?

Dies ist wieder diese Nacht,
wo sie dich verraten,
keiner hat mit dir gewacht
in dem hügeligen Garten.

Wie du bebst vor Todesangst
vor den nächsten Stunden
und du weinst, du schreist, du bangst,
fühlst schon deine tiefen Wunden.

Nichts ist schlimmer, wenn man sieht,
wie die Schergen kommen,
wenn man weiß, was jetzt geschieht,
ohne Hoffen auf Entkommen.

Dies ist wieder diese Nacht,
wer verrät dich heute,
morgen wirst du umgebracht
von der Ignoranz der Leute.

was nicht alles wichtig ist

Lernte ich nicht tausend Dinge,
lerne ich nicht heute noch,
daß mir dies und das was bringe,
mehr als alles andre doch?

All die Lebensweisheitssätze
von der Wichtigkeit, vom Muß,
das "für's Leben lern" Geschwätze,
all der ganze Laberstuß.

Was mein Leben wertvoll machte,
was mir wirklich wichtig ist,
daß ich immer herzhaft lachte
über Schul- und Uni-Mist.

manchmal reicht's

Jeder Mensch ist Grund genug,
Grund genug zu leben,
diese Welt ist voll Betrug,
Grund sich zu erheben.

Jede Knechtschaft schreit zu dir,
schweigen ist gleich knechten,
Freiheit schreit sie, jetzt und hier,
Zukunft den Gerechten.

Lügen hab ich satt zu hören,
hasse Ignorieren,
wie sie unsere Welt zerstören,
dieses Geld anstieren.

Reiche noch nicht reich genug,
reichlich Luxusleben,
reich durch ewgen Selbstbetrug,
Grund sich zu erheben.

semantische Kernspaltung

Es war, wie damals auch, ein Hahn,
nach dessen Tat, dem dritten Schrei,
er wußte - Unschuld ist vorbei,
und das im dritten Reich - ein Wahn,

denn als der Mensch zum erstenmal
zerlegte einen Kern Uran,
da hielt die Schöpfung - die Uhr an -
zum Zeitalter der Strahlenqual.

Es dauerte nicht lange Zeit,
da wuchs Pandoras Pilz als Baum,
zum Menetekel, Horrortraum,
zum Wahn in alle Ewigkeit.

Lanzarote

Weißes Schäumen, schwarze Klippen,
blaue Brandung ringsumher,
dunkle Lavaleichen kippen
schmerzerstarrt ins grüne Meer.

Kampf der Wellen gegen braunen
Auswurf aus der Erdenwut.
Urgewalten, Götterlaunen,
Magma gegen Wasserflut.

Marathon

Laufen, Laufen, Laufen, Laufen,
Herzschlag locker hundertvierzig,
Laufen, Laufen, Laufen, Laufen,
wenig Wind und gut geschlafen,
Laufen, Laufen, Laufen, Laufen,
hundertsechzig, Atmung schneller,
Laufen, Laufen, laufen, Laufen,
leichte Schmerzen in den Beinen,
Laufen, laufen, Laufen, laufen,
neue Blasen rechte Zehen,
Laufen, lauaufen, laufen, lauf,
schweres Atmen, schon fast Asthma,
Laufen, lauaufen, laufe, lauf,
Rotz und Schweiß und Muskelschmerzen,
Laufen, lauauaufen, lauf, lau,
kotz die Lunge gleich auf links aus,
Laufen, lauau, lauauf, lau au,
wozu diese blöden Qualen,
Lauf, aua, lau, au, au, au, LAUF!
noch zwei Höllenkilometer,
LAUF! au, au, au, au, au, au, LAUF!

Ich bin wirklich angekommen,
Endorphine, daß es rauscht,
habe den Olymp erklommen,
Qualen gegen Glück getauscht.

Die Zitrone

Du liegst hier als Objekt des Schönen
auf dem Tisch das Obst verletzend
und läßt das Süße sauer stöhnen
irgendwie ästhetisch ätzend.

Du gelbe Königin der Säure
schale Schöne schöne Schale
dein Tropfen hat die ungeheure
Kraft zum Gegner alles Fahlen.

Blickfang

Junge Frauen zieren
ihren Hintern mit Figuren bunt,
hautgeritze Muster schmücken
Rücken, wie ein Lippenstift den Mund.

Blicke, die auf Nieren
stieren sind der Tattoos wahres Ziel,
Hosen, T-Shirts, die beim Bücken
Lücken reißen im Bedecken-Spiel.

Zeige deine Reize, du moderne Lorely,
nicht die langen, güldnen Haare,
nein, dein Arschgeweih!

poetisch melancholisch

Bitterkeit ist Trieb zu schreiben,
Wut wird Wort und Rotz zu Reim,
in der Seele kann nicht bleiben
diese Trauer, Psychoschleim.

Laß es toben, schreien, schwitzen,
Syntax, dir werd ich Vampir,
laß mit Wucht die Wörter spritzen,
eingemeißelt auf Papier.

Frust verbraucht im Verse schreiben,
Lyrik treibt das Leid dahin,
um mich leidlich aufzuraffen,
bis ich wieder bitter bin.

Für was das alles?

Okkupiert von einem dieser Augenblicke,
jenem Fluch aus Stille und Besinnlichkeit,
daß in Reflexionen ich verstricke,
die Gedanken, die Gefühle, eine Seinseinheit.

Laß mich leben, launig vegetieren,
funktionieren zwischen Fernseh`n, Flaschenbier,
nötigt mich nicht noch zum Transzendieren,
laßt mich in dem Sumpf aus jetzt und hier.

Wer ist Platon? Welche Höhle? Ich - Ideale?
Frustration und Resignieren sind en vogue,
ich bin Plankton vor dem Maul der Wale,
der beim Hahnenschrei schon dreimal log.

Wie der Felsen in dem Meer der Zeiten,
so die Verse, die jetzt keiner lesen will,
eine Mumie in der wüsten Weite,
du, mein Pharao, auf tausend Jahre still.

kein warum

Frag nicht diese Schicksalsfrage,
nicht warum, wozu, wieso gerade ich,
weit der Kosmos, winzig deine Klage,
eine Antwort gibt es nicht.

Freiheit ist die Schicksalsfrage,
wage, nimm das Leben an die Hand,
sei die Maße deiner Waage,
sei die Wüste, nicht nur Sand.

mein entseeltes Herz

Schmerz – in diesen leeren Räumen
weht ein Hauch von Wehmut her,
Klappen schlagen nach den Träumen,
längst verweht in Wermut schwer.

Vormals war in dieser Kammer
hier der warme Lebensstrom -
von den Wänden hallt der Jammer,
Requiem im Totendom.

Starr und ohne ein Pulsieren,
ohne Lachen, ohne Scherz,
in der Mitte kreist das Frieren.
Es beginnt von vorn mit ...

Intensivstation

Täglich seh ich Menschen sterben,
Frau und Mann und jung und alt,
tot und aus und immer Scherben,
ein Zerbrechen mit Gewalt.

Böses Spiel und gute Miene,
Kampf um Luft und Hirn und Herz,
eine menschliche Ruine
bleibt am Schluß von Schweiß und Schmerz.

Nein, so will ich niemals enden,
Sonne, Scherzen, Lachen, Wein,
meine Hülle dir in Händen,
wenn ich wende in die Fülle dein.

Frau B.

Sechsundzwanzig, hat zwei kleine
Kinder, an Beschwerden - keine.
Fehlgeburt beim dritten Kind.
Keine Schmerzen, leises Sprechen
während grünlichem Erbrechen
ob wir wirklich sicher sind?

"Magenkrebs, inoperabel,
Therapie, indiskutabel,
Metastasen überall."
Eierstöcke, Krebspasteten,
ließen keinen Platz dem Feten,
welch ein hoffnungsloser Fall.

All den Tumorstalagthiten
kann der Bauch kaum Raum mehr bieten.
"Nein, es gibt kein Antidot."
Nichts kann dieser Krankheit trotzen,
übel ist mir, wie zum Kotzen,
nächsten Monat ist sie tot.

Todeslied
Gedanken beim Lesen von Matthias Claudius

Die Haut ist aufgegangen,
die morschen Knöchlein drangen
aus Fleisch und grauem Haar,
der Tod, der grinst und geiget
und aus den Wunden steiget
der grüne Eiter undämmbar.

Wie ist die Welt so stille
hier in der Daseinshölle,
so traurig und so hohl.
Du in der stillen Kammer,
allein im Tagesjammer,
verschlafen und vergessen wohl.

Siehst du den Krebs dort wüten?
Er ist nicht mehr zu hüten
und frißt sich fort und fort.
So sind wohl manche Sachen,
da kann man nichts mehr machen,
verschluckt ist selbst des Trostes Wort.

Wir stolzen Ärztegötter
sind zynisch, arme Spötter
und wissen gar nicht viel.
Wir spinnen Sicherheiten
von Überlebenszeiten
und lügen meist im Todesspiel.

Da kann man nur noch schaudern,
an jedem Sinn nur zaudern,
an nichts mehr sich erfreun.
Es ist zum irre werden,
welch Elend hier auf Erden
und wieviel Leiden zu betreun.

Sollst endlich ohne Tränen
aus dieser Welt entgähnen
durch einen schnellen Tod,
und all die anderen Kranken,
die würden, Gott, dir danken
für's Sterben ohne diese Not.

So legt euch denn, ihr Brüder
in Gottes Namen nieder;
kalt ist der Todeshauch.
Verschon uns, Gott! mit Strafen
und laß uns ruhig schlafen
und unsern kranken Nachbarn auch.

Marktwirtschaftliche Zensur

Nicht das Schreiben wird verboten,
auch das Lesen nicht per se
Filter, Scheren sind die Quoten
Maßstab ist das Portemonnaie.

„ Äußerst schlecht sind nun mal Verse,
so was liest doch keine Sau.
Schreib was Geiles für Perverse,
möglichst flach mit viel Radau."

Die Zensur hier ist subtiler,
denn die Bücher brennen schon
vor dem Drucken, diese Dealer
sind der Dichter neuer Fron.

Fährmann einer anderen Wirklichkeit
Charon

Meine Worte sind nur Fähren,
Hülsen einer Möglichkeit,
jenseits unsrer Daseinssphären
ahnen sie die Ewigkeit.

Ahnen, daß da mehr als Leben,
mehr als Elend, Angst und Tod,
dort, wohin die Seelen schweben,
aus der Nacht ins Morgenrot.

Meine Reime, die ich setzte,
Chiffren einer andren Welt,
wo des Denkens Gegensätze
in ein Eins zusammenfällt.

Inhaltsverzeichnis